J. Arcádio

Silêncio, Escuridão e Dormência

ISBN 978-85-66084-05-4

1ª Edição

Rio de Janeiro
RME COMUNICAÇÃO E IDIOMAS LTDA ME
2013

copyleft

Produção editorial, revisão,
diagramação e capa: J. Arcádio

copyleft

Editado pela RME COMUNICAÇÃO E IDIOMAS LTDA ME

SUMÁRIO

Sumário

Introdução

O entendimento do que nos cerca depende de conhecimento. O conhecimento é o que nos faz perceber a relatividade das coisas. Não existem verdades absolutas, portanto só há uma única verdade: aquela que se quer acreditar, ou que se pode perceber. Os homens que destilam verdades absolutas são mentirosos, ou pelo menos, vítimas de sua única percepção, que consideram verdade absoluta. Os homens comprometidos com a expansão do conhecimento não buscam seguidores ou sua própria exaltação vaidosa.

Trato a arte como sendo de todos, da humanidade, e por este motivo, não verão uma foto minha na orelha ou na contracapa deste livro. Nem mesmo assinarei meu nome, mas sim meu falso nome. A obra, se for artística, na sua verdade, não está abaixo do autor; portanto, não há porque não exaltar apenas esta obra.

Não posso excluir o povo, como todos já fazem, do acesso ao conteúdo. Este livro pode e deve ser copiado e distribuído livremente, assim como todos os contos contidos.

Tentei ser claro em seu entendimento para que até mesmo pela oralidade seja expansivo. Pequenas metáforas e outras figuras para que se torne o tanto subjetivo e abstrato quanto possível, sem perder o objetivo ou atrativo. Que eu possa ter contribuído, ainda em vida, para a educação, cultura e expansão do seu senso crítico.

Sobre o autor

Estou em cada oração deste livro. Nada do que se escreve está distante de seu autor.

Meu Julgamento

07/04 – O começo do meu fim.

Cá estou hoje, feliz por escrever pela primeira vez depois do acontecido. A minha nova postura diante dos fatos permite que eu escreva com muita clareza e desimpedimento. Um ato de compaixão, talvez. Relatar os meus propósitos e me colocar ao seu julgamento é um ato altruísta. A contribuição é para com você, leitor. Eu já atingi o degrau almejado.

Vou começar do início, mas não do início da minha história; vou começar do início deste fim em que me encontro. Primeiramente, gostaria de me desculpar, não pelos meus atos ou decisões, mas pelas atitudes que não consegui explicar. Bem... Eu matei um homem. É isso. Exterminei, expurguei esse homem da face da Terra, e o fiz com muito orgulho. Não por emoção ou ímpeto de violência, executei-o premeditadamente; esse é o motivo da minha reclusão. Eu decidi, ao começar a escrever este diário, colocar a mim na posição de réu; e a você, caro leitor, como o juiz e carrasco de minha pessoa. Não que eu já não esteja sendo julgado por você, mas o porquê da sua sentença, você mesmo não sabe.

Sei que com essas poucas linhas escritas, você me julga preconceituosamente. Um monstro? Frio? Maquiavélico? Antes de qualquer julgamento, pergunte-se sobre quem é você para julgar-me de algo. Você faz parte do senso comum, débil e falsamente feliz, que debruça sua felicidade em conquistas supérfluas e fúteis. Como pode você me julgar? E agora? Piorei sua opinião a meu respeito? O valor desta sua opinião é pré-concebido, encare isso! E não é pré-concebida por sua reflexão consciente, foi imposta a você. Como pode pensar que os valores morais e éticos que o fazem julgar certo e errado são absolutos?! Essa sua percepção limitada sobre as coisas, os valores, é que me fazem debochar de você agora.

Continue lendo, se assim desejar; mas se tiver medo, ou raiva, ou qualquer outra fagulha emocional que o faça se afastar deste texto, faça-o! Eu espero isso dos covardes, fracos e medíocres.

09/04 – O porquê

Eu o admirava. Via-o todos os dias, do acordar ao repousar; Ele, orgulhoso do que era como Ser, como Homem. O otimismo, a perseverança e a ambição o coloriam, mas isso ainda não o destacava do restante dos homens; pelo contrário, o colocava na mesma prateleira de varejo.

Ele tinha sua percepção para mundo aniquilada, superficial; porém expelia lampejos de sobriedade, derivados de sua busca por conhecimento e cultura. Ele cresceu em uma realidade pobre, em uma família de costumes rijos, que acreditava na premiação pelo merecimento. Contudo, era incentivado à leitura e liberdade de escolha, inclusive religiosa. Era sereno, humilde, simpático, inteligente, cortês, bondoso e honesto: uma de suas mais admiráveis características. Possuía uma qualidade especial, desenvolvida em poucos homens: ele sabia como as coisas funcionavam.

Mas por que eu o mataria? Era trabalhador, o rapaz! Não é ao trabalho que se associa a dignidade, o merecimento,o caráter? Ele desejava todas as vitrines que o mundo lhe oferecia, mesmo sabendo que isso custaria sua redenção ao modelo medíocre. Isso me incomodava! Como poderia, um homem com tanto potencial, se deixar reduzir à mediocridade. Inadmissível; e foi em uma manhã, ao admirá-lo como nunca antes, que tomei a decisão. Não foi rápido nem sem dor: foi lento, traumático e doloroso. Ele era o único homem que eu conhecia capaz de mudar algo; possuía o conhecimento e a coragem para acender a luz da verdade para que os outros homens pudessem perceber os seus arredores. Ele sabia de todo esse potencial e mesmo assim, aniquilava esse poder em troca da migalha que o sistema social o oferecia. Hipócrita. Seria justo permitir esse desperdício? Um traidor, foi como o vi. Ele precisava morrer para que eu pudesse viver sem medo. Essa ameaça me preocupava, me trazia angústia e apego ao seu mundo. Eu o amava. Já você, que me provoca enjoo, desprezo.

10/04 – A execução

No espelho, se admirou pela última vez naquela manhã. Eu o observei, não mais como observava antes; senti seu desespero, sua aflição, angústia, paralisia, medo, perplexidade, era o momento certo. Pobre caça. Ataquei ferozmente. Golpeei repetidamente, desfigurando e mutilando o inerte ser que admirei um dia. O sussurro do Pânico, ao pé do ouvido, me colocou a correr em círculos e nesse breve instante me senti perdido. Logo minha boca sorriu, depois vieram euforia, alívio, vitória. A vítima poderia ser você. Será? Ele era especial. Já você; não sei!

Não se engane achando que sua erudição acadêmica o faz especial. Isso não o torna melhor do que os outros. Essa erudição é para torná-lo um bom técnico para o mercado de trabalho, de consumo. Seu título de mestrado, PHD, pós-graduação, nada o melhorou como homem; transformou-o em mais uma ferramenta para o mercado, pronta a ser descartada pela mais preparada, a mais nova. Pobre de você! Fantoche do sistema! E não adianta se ofender! Você é nada. Desça do seu pedestal imaginário e coloque-se como é! Curvo, rastejante, débil, um produto.

Eu juro! Vou parar de molestá-lo, a fim de que não se desinteresse pelo meu diário. Desculpe-me. Não que o pedido de desculpas seja honesto, apenas quero que continue lendo.

11/04 – Considerações

Eu dizia que começaria deste fim, certo? Pois bem, esta é a minha nova realidade, meu novo mundo. Estou vivo, mais vivo do que antes; pois percebo melhor a vida, as emoções, as sensações, e nem mesmo precisei buscar nos paraísos artificiais o caminho para tal acerto. Esse posicionamento racional e cristalino a respeito de tudo o que me cerca, coloca-me, desculpe a franqueza, em um patamar acima do que talvez você possa compreender agora, mas eu te perdoo por isso. Não espero a sua compreensão, espero que leia a obra e me julgue friamente como faço contigo agora.

Quero deixar claro: Eu respeito todo o mundo e todas as coisas que nele caminham em duas patas, só não respeito os bípedes que tratam os quadrúpedes como bípedes ou tentam se comunicar com eles se utilizando de seu código linguístico elaborado. Também não respeito os bípedes que se utilizam de código linguístico elaborado e tratam seus utilitários como partes importantes de seu ser. Não podia me esquecer de mencionar os bípedes que se utilizam do tal código elaborado que não entendem o que quero dizer. Estes, com toda certeza, eu não respeito.

12/04 – O dia da decisão

Dias difíceis, os últimos. A Solidão e o Medo me trouxeram a Angústia depois de ter escrito as primeiras linhas deste diário. Chorei. Tenho fraquezas. Mas não me compare a você. As erupções na pele, resultado de um efeito psicossomático, a abstinência do cotidiano, do contato físico, do discurso retórico, e a lembrança do que poderia ter acontecido naquele dia se eu tivesse desistido; todos esses acontecimentos haviam me enfraquecido um pouco. Mas hoje acordei mais forte do que antes e pronto para me defrontar com as próximas linhas do texto.

Mas voltemos ao tema inicial. Eu era como você, já escrevi isso? Era controlado pelo ritmo empregado pelo sistema, cruel e cínico. Houve um dia muito especial deste meu passado, o dia que decidi assassiná-lo.

Havia acordado muito cansado e preocupado com o meu dia de trabalho. Eu me preocupava. Seria um dia sofrível, pois teria que participar de três reuniões onde seriam decididas as comissões de vários profissionais da empresa. Eu nunca me sentia à vontade com esse assunto. Eram comissões de colegas e me preocupava com eles. Eram pais de família, homens e mulheres com responsabilidades, sensíveis. Eles acreditavam na minha pessoa, me creditavam um grande homem, herói; quem diria? Eu temia a decepção dos meus colegas para comigo; a empresa sabia disso e era esse o motivo para me convidar a participar das reuniões. É assim que funciona, não é mesmo? A sordidez da máquina trabalhando, para manter-se funcionado é inacreditável se contada e não vivida.

Nesse dia de reunião, tive a certeza do que devia fazer. Eu observei toda a crueldade e malícia nas resoluções, os caminhos tortos para eliminar benefícios, a covardia de se aproveitar da necessidade, da dependência. Eu estava cansado disso. Seria mais fácil aceitar, esquecer, ignorar, me aproveitar; mas eu me sentia responsável. Não podia compactuar com os diretores. Aliás, os diretores não estão nesta posição por capacidade intelectual, estão por serem instrumentos perfeitos a serem manipulados pela empresa, seguem as ordens fielmente e são capazes de ferir qualquer companheiro para se manter nessa posição. Pobres marionetes.

Todos os acontecimentos deste dia me traziam sempre o mesmo desejo: acabar com ele. Não era o estresse do dia que trazia o incômodo, era a existência daquele trôpego bípede. Ele era culpado de tudo. Minha angústia e meu sofrimento, acabariam com seu fim.

13/04 – A revelação

Não foi um assassinato físico, não o exterminei biologicamente. Eu assassinei os valores, a moralidade, a ética e a inércia que me colocavam na posição do comum, do medíocre, do egoísta e do individualista. Em resumo, eu matei o homem que todos os outros homens são. Eu matei todo o mundo. Matei você! Mas não podia simplesmente fazê-lo sem relatar os fatos, saborear a sua perplexidade, imaginar essa sua cara de negação ao meu texto e documentar para colaborar com seu amadurecimento.

Ensaio

Abrem-se as cortinas. Caminha a personagem até o centro do palco. Apresenta-se de olhos úmidos, voz vacilante, pernas cambaleantes.

Me chamam Maria João. Sou símbolo de desgraça, do pecado, caminho vazio para o homem. Nasci mulher. Sou respeitada e aceita pelo que sirvo, não pelo que imagino ou desejo. Sou tratada como convém ao momento, e sempre maculada no ego e no sexo. Com o peso desse fardo, me afasto da completa felicidade, do verdadeiro apego à vida e da completa liberdade, sou mulher. Dessa sina choro eu por todas outras, mulher. Do primeiro sangramento cresci, do primeiro coito omiti, do primeiro filho galgarei agora, neste lugar.

Maria João se agacha de cócoras, no frio silencioso do mundo vazio para esse momento seu. Ela sente e respira-

respira, inspira, respira, respira-respira, sente o movimento, o sangramento. Poça d'água se nasce por seu baixo, de dor, muita dor roga que respire mais-mais. Respira, inspira fundo, respira-respira. Do gemido ao primeiro grito, grunhindo, muita dor e a sina da mulher uma vez mais se concretiza e se imortaliza nas contorções de seu franzino corpo. Gritos de mulher dolorida, dilacerada, e respira-respira-respira, inspira, respira-respira, grita, respira-respira, grita, grita, grunhe, uiva, berra-berra-berra. Se rasga as roupas, as carnes dos braços e na batida do pequeno corpo na poça, se destroça no alívio do homem-bicho-mulher, que desaba fatigada, inundada. Seus olhos catam a cria nativa, mas dor é maior ao fitar de olho torto o seu rebento natimorto. Era Menino. Muita dor e lágrimas.

Não, não, nem mesmo a recompensa por todo sofrimento vivido. Que mal mereci eu, destino amargo e cruel que me arranca cruelmente o gozo do prêmio. Que fiz eu, mulher? O que fizemos nós, mulher? Não aceito essa sina: ser fardo, castigo e pecado; sofrer ao longo da vida calada, maculada, sozinha.

Frágil e macerada, encontra a fagulha de força para romper nos dentes o cordão de ligamento entre a morte e a vida. Desbota fatigada.

Olhos se encontram e se buscam mais-mais em demais olhos na plateia. Lábios mordidos, olhos outros umedecidos, e a dúvida encontra no silêncio uma voz que descrê.

- Chamem um médico, pelo amor de Deus! - Grita uma mulher.

- Cale-se! - Grita um homem.

- É uma peça! - Outro grito ecoado. O silêncio perde espaço para as vozes-dezenas perdidas de todos. Perdidos no escuro. O palco ainda iluminado constrange os espectadores com a figura tombada, calada, inerte. Emboladas ao ruído uno, algumas vozes emergem destacadas, buscando diversos afins. A saída, a ajuda, e ainda outras sobre a veracidade da peça, ou acidente imprevisto. Homens e mulheres debatem a resolução da cena.

As luzes do palco se apagam, o público é iluminado para o debate inconclusivo, perdido. Minutos eternos se passam. Se passam. Muitos se passam.

As luzes do palco se acendem novamente, apaga-se o

público. Se calam e se sentam cativos aos acontecimentos. O horror e o medo, atordoam as ações dos viventes espectadores.

No palco. Ao avivar, Maria João se arrasta para longe da necrópole, suja, só e desmoronada. O odor de sangue, o minúsculo corpo no palco, o ardor desprendido, o suor coletivo. O público, atônito, em silêncio pavoroso, inspira fundo e deseja descrer que seja real, a cena, o ensaio.

Maria João, em penumbra acolhida, emaranhada em trapos seus, encharcada de todo o seu escoar de vitalidade. Ela sorri, gargalha, chora, aponta.

São todos inertes boçais, todos. Não acertam definir o real do banal, vida e morte alheios a seu mundo paralelo. Não sou eu o personagem, o arquétipo, quem interpreta. São vocês no palco, atores vis para se manterem confortáveis em suas mediocridades.

Aquém de seu mundo, represento não apenas mulher, pecado, desgraça. Distante, represento todos, homem, mulher, natimortos, onde enxergam, vocês, como espetáculo para suas catarses. Não me olhem misericordiosos, não me ajudem de seus assentos, não orem por sua condição diferente. Venham até mim, limpem meu chão, abracem meu rebento, acolham-me, não em suas casas, mas em minha.

Em meio a palavras de Maria João, os olhos se catam novamente, se retesam, franzem suas frontes e de línguas afiadas, iniciam sua retirada do teatro. Rogam e vão se indo, indignados com a fração que julgaram.

As cortinas se fecham, luzes se acendem e suas vidas retomam sua rotina de uma tarde de entretenimento no teatro.

Caminhos

Enquanto celebravam os outros o Natal, contentes de juntos estar, da fartura do jantar, se abraçavam... pela porta ela saia sozinha, enodoada por pensamentos só seus. Não se via no meio dos outros, não se sentia parte do todo, ela ouvia e não era ouvida, percebia mas não era sequer vista. Só lhe restava sair pela porta, mudar o cenário da vida descolorida sua.

De pergunta em pergunta, de resposta sem resposta, pendia sua fronte de lado a lado; talvez tentando negar os pensamentos, as perguntas ou até suas próprias respostas. Se abraçava fortemente, soma do frio com a saudade de um abraço apertado. Solidão sua, solidão sentida por tantos outros sem a coragem ou a audácia de abrir as portas de sair. Caminhou até somente os seus passos ouvir na noite seca e fria, até testemunhar sua única respiração na noite.

A paz do momento de se sentir e se permitir, na noite, a faz feliz brevemente; à muito não se escutava, então resmunga e depois se fala mais alto, tudo em um breve momento, para assim saber e sentir a si, viva. Era isso que buscara, a paz do seu eu no que parecia o nada. Sem sorrisos desleais, palavras penetrantes, atos e gestos mutilantes. Apenas a verdade de seus próprios sentimentos, para si.

Então, prontamente, na distância do tudo, decide ter seu mundo, só. Percorre os olhos à sua volta, rapidamente. De galho em galho, massa de barro úmido, pedras soltas, suor, vontade, unhas quebradas, dedos feridos, trabalhando se vai construindo. Suor, lágrimas, chuva, rosto reteso, dentes à mostra, grunhido e antes do amanhecer, seu castelo erguido. Um mundo novo e seu reino construído, o que pode mais um homem desejar. Ela era o Rei, a Rainha, o Clero, o Povo, e a prosperidade de tudo quanto pudesse imaginar.

Descanso merecido no alívio do repouso sobre o solo. Silêncio sonoro de sua única respiração, ecoada nas paredes do castelo seu. Calor do seu próprio corpo retido no chão de barro, somando-se a si mesmo e a premiando com conforto e letargia. Assim se foi sentindo até os olhos se irem perdendo o foco das coisas e o som se esvaindo. Sono profundo a cobre vagarosamente.

No mundo dos sonhos, se vê nadando no céu, e sobre nuvens coloridas sopra pétalas de flores diversas, fazendo chover gotas de mel, enquanto harpas, que não gozam de ser vistas, tintilam sons harmônicos em escalas melódicas. Um raio de sol perfura o céu, abrindo caminho para seus olhos no despertar da manhã.

O sol já aponta ereto. Pequenos murmúrios a provocam um salto-chicote, alerta, sem bocejar; e através da pequena janela torta, quase buraco obtuso que ela mesmo construíra, observa os que do lado de fora, observam seu castelo-obelisco-triunfante. Muitos eram, e se olhavam e se riam, outros tantos estranhavam seu castelo nascido da noite, ao bendito dia.

O pavor de mirar tanta gente a faz, de desejo abrupto, evadir do lugar. Então ela corre, percorre mais e mais, pensante, angustiada, cansada, mas sem desatinar a parar, até o sol novamente se deitar. Gente não mais quer facear. Decide então nada erguer, pois sabe que os homens se atraem por grandes coisas que não são suas. Apenas ali, neste outro lugar, quer permanecer incógnita, insólita. Repousa finalmente em meio a juncos e folhas, na terra úmida, em tranquilidade.

No mundo dos sonhos, novamente, se vê caminhando sobre as águas de um lago cristalino, sem fundo visível, mas que não se obscurece na profundidade, canta sons da natureza, e faz turbilhoar, sobre as águas, vários peixes de cores diversas, onde estes, a cada salto, se multiplicam em novos muitos peixes, até que o som de todos juntos abrem caminho para os sons do mundo da manhã que se ergue.

Desperta abruptamente ao som de cães e dos seus senhores, gritantes estes, de olhares ferozes (mais que os cães), vozes de trovão quase incompreendidas, a expulsam das terras não suas, pois ali não podia quietar seu corpo. Tudo que se vê, ou se toca, tem um dono, mesmo que não legítimo, basta a força e o terror para mandar. Então corre, percorre, mais ao longe de tudo, onde até mesmo o caminho de volta teria de redescobrir se algum dia sentisse voltar. Corre e percorre, talvez se mais e mais, o quanto mais distante, longe, talvez não mais precisasse temer outros homens, as posses, os olhares ou palavras.

Antes de seu corpo descansar, decide então continuar a mover suas pernas ágeis, para além do que poderia suportar; cada vez mais, sempre mais, mais e mais. Então, desta forma, maneira sua de sanar, criar e aumentar as distâncias, pudesse ter o mundo seu. Os caminhos retos ignora, só vislumbra vultos e mais vultos borrados, os sons só se chegam sem sentido, pequenos, aumentando e diminuindo. Descobre então, que o descanso do mundo estava descoberto por ela, seguir em frente mais ágil, mais veloz que todo o resto do mundo, à frente de tudo. Desta forma, maneira sua de sanar, o mundo se perdia de suas vistas e dos seus ouvidos, do seu toque e de sua presença. Os seus sonhos não mais precisavam entorpecer suas dores. Adquirira o poder de recriar o percebível pelos comuns.

Se elevava, em um momento, à condição de Homo sapiens-sapiens-*sapientíssimo*. Se passa o tempo, nem mesmo o cansaço do corpo supera o regozijo da descoberta de seu mundo, tudo está ali, porém de maneira que só ela os percebe, imagens-borradas-passantes, sons que vinham e iam, tudo muito rápido, tudo tão fugaz que nem precisa mais mover tão rapidamente suas pernas, e reduzindo os passos até caminhar, percebe que pode até parar, pois do mundo não mais precisa fugir, este nem mesmo a percebe mais.

De comer e de deitar

Ceifa, tira, sua; ceifa, tira, sua; ceifa, ceifa. Sua.

O sol braseiro fere os olhos, aferventa a carne e murcha os rostos rapidamente. Emanuel, mestiço de índio e mulata, com seus vinte e três anos de vida, simula quarenta na carcaça. O trabalho no canavial, as toneladas a serem cumpridas, pasta de carne, alojamento de redes; dívida eterna com o patrão. Capataz apita intervalo de almoço. Emanuel caminha com os outros para o descampado, retira o chapéu, o lenço do rosto, as luvas, se senta no chão úmido e observa os detalhes daquele ritual diário. Homens, mulheres, crianças, todos trabalhadores do canavial.

A lembrança de quando menino o faz se lamentar da vida naquele trabalho. "Que futuro há para mim e meus irmãos, a não ser sofrer de trabalhar para pagar o de comer e de deitar? Que futuro há? Vi os velhos se indo embora, os moços ficando velhos e os meninos, como eu fui, ficando moços-velhos. Que raça somos nós, filhos de índios com negros-de-brancos, que com o tempo perdeu o linguajar? E a quem questionar, choramingar ou solicitar; quem poderia ajudar ou pelo menos se importar, pelo mínimo que seja , com o de comer e deitar?"

Emanuel aprendera a ler na escola da fazenda, de dois anos para cá, desde que os netos do patrão adoeceram e não podiam se andar. Desde então continuou lendo tudo quanto fosse possível de ser lido. Suas ideias principiavam nascer, seu desejo por viver sussurrava ao pé do ouvido, o brilho no olhar até então desconhecido começava a se esboçar. Com os olhos cata seu irmão, Dorico, cuja voz não é por ele ouvida há tempo; apenas seu semblante rijo e os olhos errantes podem ser deparados no meio de todos, apagado, quase sombra. Dorico era a última raiz da sua família e embora ainda vivo e visto, não se podia achar. Assim eram todos ali. Olhos desencontrados, vozes desconhecidas e gemidos ao trabalhar.

Só se ouvia alguma voz quando algum pendia o corpo ao chão, de morte morrida ou de morte matada por alguma cobra vizinha do canavial. A pasta de carne já não denotava sabor ao paladar viciado; a água morna, de cor barro, descia macia e saborosa do prazer em saciar, não em saborear. O canavial cresce sem parar e outros trabalhadores vêm de lugares mediatos, no princípio falantes e depois gemedores como os demais. A inquietação do mestiço de índio o leva a tratar com seu irmão, que está com febre desde dois dias passados. "Dorico? Preciso lhe falar." silêncio. "Dorico, preciso saber como está, se pode prosear."

Capataz apita o fim do almoço, reinício do trabalho. Emanuel deixa Dorico, cabisbaixo.

Ceifa, tira, sua; ceifa, pensa, ceifa, pensa pensa pensa, tira... Escravos, é no que Emanuel pensa. Nada mudara desde o começo da história de Pindorama. Índios e negros, ilhas sociais e escravidão, descaso e exclusão. Morte. Antes, colonização; agora, neocolonização, televisão e alienação. Explorar e dominar agora são diferentes, mas a América Latina, rica e mutilada, sempre saqueada, não tem esperança, pois até mesmo seus viventes concordam e saboreiam a sua dominação.

Acreditam no estrangeiro, desejam ser um deles; nada melhor ao dominador que ver o dominado desejar ser seu semelhante, sabendo que este nunca o será. Perfeita essa fórmula, dividir para conquistar, fazer acreditar que o dominado é dominante e o que se opõe é subversivo; podendo este prejudicar o prosperar. Perfeito. Imundo. Tudo agora se apoia em uma palavra: Democracia, mas esta tem um preço muito baixo a se comprar. Neste grande universo de exploração, jaz este canavial, como tantos outros nesta mesma situação. O absurdo é que existe lei, mas para os que podem pagar.

Até quando esperar como os outros, que à noite, mesmo agotados, de carnes magoadas, encontram vigor para rezar. Pedem e esperam desde seus remotos antepassados pelo conforto das suas almas, já que os corpos mirram lentamente e não têm como salvar. Como sanar suas dores, resgatar seus valores e tirá-los do modo-bicho de viver, sem ter que trazer de sofrer para todos, sem preço a pagar por se libertar dos dissabores.

Pensa ele, que mesmo certeiro seu desejo, somente dor traria para os outros companheiros, se creditasse mais e mais essa esperança em mudar o curso das coisas. Mas preço já pagam por existir sem chance de escolher em qual berço germinar. Se não houver brusca ruptura no modo de cursar os destinos, nada mudará e outras gerações virão a sofrer, aguardando esperança no divino, comendo sem prazer na comida, sofrendo para continuar a sofrer, seguindo sem vida o destino que lhes é servido em sorriso e que não conseguem enxergar; que para mudar, é preciso renegar à condição de ovelha e se tornar predador desalmado, amargo.

Que o verbo é importante ele sabe, mas com tais homens covardes, que os controlam como animais inferiores, só traria silêncio às suas ideias e lição, mártir se tornaria; com o tempo desapareceria sua história de toda e qualquer memória. Outros deles já tentaram fugir, mas sós, desapareceram no canavial ao som dos caninos e dos tiros, sem nem mesmo terem enterro, exalando seu odor podre por semanas, no regaço do canavial. "Eu juro que em memória de meu pai, minha mãe, meus irmãos e primos, mudarei os destinos dos homens do canavial."

O sol se vai. Capataz apita e os homens marcham para o repouso com a bela sinfonia de fim de dia: gemidos brandos, pés arrastados, tosses secas, suspiros. Emanuel está ali, anônimo como o um, mas célula do grande órgão de gemedores. banho de balde, feridas cobertas, café com o pão submerso, a reza começa.

Emanuel, inquieto, catuca um a um tentando falar. É ignoto pelos crescidos e velhos, as crianças de cabeça enterrada, em respeito à reza. "Dorico!" - busca Dorico dentre os outros, mas a ladainha-do-vai-vem não o deixa catar.
Ladainha-do-vai-vem, ladainha-do-vai-vem, ladainha-do- vai-vem, começa a nausear pois até o chão parece ondular de vai-vem como os demais. Não há palavra expelida pelos senhores presentes, há gemido de boca cerrada, olhos e palmas ao alto, odor azedo e ácido, escuridão crescendo... Emanuel pende ao chão.

Alvorece. Capataz apita o início do trabalho. Emanuel acorda e salta da rede, assim como os outros, faz caminho para o cerne no canavial.

Ceifa, ceifa, ceifa, ceifa, chora, sua, mistura dor e fúria no Imo peito que agora aperta o medo e resgata o voraz do animal com fome, ferido, sozinho. Com a cabeça a rodopiar no quase sonhar, delira sobre como a fazenda tomar. Ele, vestido de morte mitológica, o Cronos, senhor do tempo e destino, varrendo a ceifar as cabeças dos empregados armados, os donos do lar, e no fogo reduzindo as casas da fazenda.

Não seria vingança, seria pagamento por todo sofrimento de vidas inteiras morrendo devagar. "Morte! Morte!" - Grita a volver a foice da morte em punho, em um grande monte com os outros no seu rodear. Gigante e robusto, se viu liderar os homens, como o herói Semi-Deus que nascera para salvar os destinos do povo sofredor. Imortal, indestrutível, invencível... Abrir caminho na cana até a liberdade alcançar, prover um novo destino aos montes de gente a segui-lo. Esse, enfim, era o seu destino de homem-messias do canavial. Ao fim do delírio, o voraz animal, ferido, decide realmente falar.

Ergue o facão, retira o lenço, o chapéu. "Chega! Precisamos mudar o destino, tomar a fazenda e afinco, gritar para sermos ouvidos, criar alarido e contar para o resto do mundo que somos mais que reles boçais; somos homens, mulheres, joviais, que temos desejos, sonhos escondidos e muito mais a doar que meros gemidos e suor do trabalhar; podemos sorrir e cantar, saltar e dançar, e conviver em igual com todos que no munho há."

Os trabalhadores não param de trabalhar, não se movem diferente ou ressoam resposta acertada ao jovem de índio. "Estão todos surdos? Cegos?! Não me ouvem bramar? Somos mais do que isso, somos vida e desejo, e unidos rochedo, que sistema algum pode quebrar." - Capataz se move andeiro rastejante, sorrateiro, pelo canavial. O jovem de índio continua a gritar: "Não podemos continuar! Precisamos lutar!" - e antes do matreiro capataz se chegar, os outros homens, galhos de índios-de-negros o agarram e o fazem calar. De início, reluta brutal e persistente, mas contra muitos, todos, força alguma pode vencer. Colocam-no a trabalhar novamente, de lenço, chapéu e facão, sem titubear. Agora, todos iguais, em uníssono no ceifa, tira, sua; ceifa, tira, sua; ceifa, ceifa, tira, sua; engambelando o capataz.

Emanuel, assustado demais para falar, trabalha no ritmo uno. Ainda de lágrimas nos olhos e de sangues presos ao longo do corpo, se pergunta o que há de passar.

Assim foi o dia de todo, em silêncio, trabalhoso e doloso. No deitar da noite, após a ladainha habitual do-vai-vem, o capataz, Benício de nome, invade acompanhado de doze homens mais: Ranha-pau, Sagú, Timóteo, João tum-tum, Dimóstenes, Zequel, Maninho, Zé-péla, Caberigão, Waltinho, Lileu e Guará (todos também acompanhados das armas de balas-de-voar), o alojamento dos homens cansados, rasgados, rezados. Empurrando os velhos, mulheres e os demais, até Emanuel se chegarem. Eles sabiam que era ele o gritador do canavial, a desarmonia do todo trabalhar. Em ódio no rosto e no respirar, o Benício dá-lhe a gritar: "Vem pra fora comigo, bicho mole e gritador, que tua hora é agora, para suas ideias calar."

Os homens cercam caminho para o capataz arrastar, com gozo no rosto, pelos cabelos, o jovem de índio, Emanuel, a chorar. Mas, ao arco da porta chegar, um salto de grito desfere um facão, a mão do capataz no chão a sangrar e os rostos dos doze homens de armas de fogo se exclamam a gritar. É Dorico, ávido e ladino que de facão na mão se posta no fronte a desafiar: "Se vão todos os doze agora, que aqui nos resolvemos nós com o jovem, meu irmão. Mas, se houver outro homem de arma que pensa que pode aprumar, pense bem no destino que posso lhe dar; sou Dorico, filho de índio-de-negro, quem comanda o fazer da morte neste lugar." Depois de se olharem, os doze homens vão-se embora, levando o Benício a gemer e gralhar.

Dorico se torna a Emanuel e dá-lhe a dizer: "Se pensa que pode ir se embora deste lugar, chegou sua hora, homem algum há de impedir o seu afastar; mas tenha certeza do que faz, pois para o desconhecido te vais. Não nos julgue tolos ou débeis, é que para o nada não há como andar; entre o nada e o aqui, morreremos todos sabendo nosso lugar. Mesmo que em algum centro se chegue ao partir, neste, os homens não gostam de repartir o pão e o leito ao estrangeiro de índio-de-negro deste país. Andar sem ser visto, falar sem ser ouvido, desprezado sem ser quisto; este é o destino de toda nossa gente, no mundo dos homens que detém o poder de comprar o sorriso de alguém. Não julgue irmão, que somos ouvidos sem ouvir, olhos sem ver e cabeças sem pensar, apenas fazemos tudo o que podemos que nos convém a viver, mesmo com todo sofrimento que a vida fez ser. Agora vá!"

Emanuel ainda assustado de não ter entendido que o tolo era ele, que não percebera que o real era muito complexo para ser apreciado de emoção e acesso; que certos conhecimentos são galgados por todos mesmo que fora de escola. Ao se levantar e olhar a escuridão pela porta aberta, se dispõe para Dorico, põe os olhos a molhar e se volta para o seu leito, sem falar.

Deste dia em diante, não falou nem pensou mais, para a escola não se pôs a ir e manteve seu ritmo como os demais.

Póstumos

A forte luz do ambiente agride os pequenos olhos abertos em fendas estreitas. O pai, de lágrimas trêmulas e sorriso emocionado, segura a câmera digital de última geração. A mãe, semi-acordada, sorri aliviada apenas quando escuta o choro do rebento, suspenso e estapeado pelo cirurgião muito bem pago, que deixara sua viagem de praia para atender o chamado dos clientes. A família, sôfrega na sala de espera, comemora fervorosamente o evento recém noticiado por uma enfermeira que sobrevive apenas com um salário mínimo. Nasce mais um homem póstumo.

Deste momento adiante, a vida do recém-nascido-já-morto, de nome Robert, ainda não oficializado em papel; mas já pensado e decidido pela mãe, já estava completamente planejada, ou, pelo menos a ser planejada com todo o amor e carinho de uma mãe para o filho pródigo(assim esperavam que fosse). Robert, e não Roberto, escolhido pela grande admiração da mãe por um ator famoso de *Hollywood*, nesta sua condição primária e dependente, faz ideia alguma de todo esse roteiro de sua recém-vida-de-já-morto.

Na sala de espera, o pai já destrajado da máscara, luvas e dos outros acessórios cirúrgicos, cumprimenta, de câmera em punho, todos os ex-recém-sôfregos do ambiente. Ex-recém-sôfregos, que, entre a sofreguidão, copos de água, e um fumo ou outro do lado de fora, comentavam sobre os corpos das enfermeiras, o novo modelo de telefone portátil, o câmbio inteligente do mais novo veículo automotivo, e das varizes adquiridas pela mãe do recém-nascido-já-morto Robert. O que não conseguiram comentar, foi o comentário de um homem que passara pelo corredor, falando ao telefone portátil: "... ah, sim, paixão é diferente de emoção, que também são diferentes de sentimento. O assunto, forças." Como não conseguiam comentar, trocaram sorrisos e sobrancelhas suspensas, exalando desdém. Este homem, passante no corredor, falante ao telefone portátil, é de nome Herculano. Guardem esse nome. Herculano.

Tudo correra bem naquele dia. E já escrevo no

passado(essa frase antes do último ponto final) pois os personagens já estão em casa após alguns dias. Portanto, Já no seio do lar, o casal Jorgiolísio, o pai do recém-nascido-já-morto Robert; e Mariana, a mãe do mesmo ex-recém-rebento; muito contentes e radiantes com sua contribuição para a perpetuação do animal-ser-humano na face da Terra, decidem conversar sobre o futuro do menino.

Médico, ela diz. Nosso filho será um grande médico. Eu creio que advogado, como o avô, diz Jorgiolísio. Mas amor... sorrindo, a Mariana explica, que na sua visão, o médico é mais bem conceituado, respeitado, e com uma carreira que nunca deixará de se ascender. O pai então considera o valor do advogado, o defensor da verdade e da justiça. A mãe logo dá a palavra final de que o filho terá a liberdade de escolha. Poderá escolher entre advogado, médico ou engenheiro.

Vamos então, diz o pai, começar a depositar em uma conta bancária, toda semana, uma quantia para que ele possa pagar a faculdade e posteriormente montar seu próprio escritório, com seu próprio dinheiro. Ressalta a mãe, que faculdade particular nem pensar. Ele deveria passar para alguma Faculdade Federal. Essa seria sua única obrigação. Sorrindo, o pai de Robert lembra a mãe, que não concorda com a compra da vaga na Federal como ela havia feito. Os dois sorriem com a Mariana dizendo que mais valia o diploma no final.

O primeiro carro seria presenteado no aniversário de dezoito anos, mas, para saber o valor de todas as coisas, deveria o Robert trabalhar para colocar combustível no veículo. Completando os quatro primeiros anos de vida, o menino já será matriculado em uma escola bilíngue, pois precisa ser devidamente preparado para o mercado de trabalho futuro. Mariana lamenta não ter dado a luz nos Estados Unidos da América do Norte, já que por dois dias do parto retornaram de uma viagem a Miami. Viagem esta que fora combinada com um primo de Mariana, que é piloto de aeronave doméstica, para trazerem equipamentos eletrônicos sem declaração. Uma pena, lamenta o pai negando com a cabeça. O menino poderia ter sido liberto da sina de nascer latino-americano.

Enquanto esse debate seguia, o recém-nascido-já-morto, Robert pensava em nada além de quente-frio, vazio-cheio, claro-escuro. Com as fraldas cheias neste momento, arreganha a chorar manhoso. Os pais se aproximam sorridentes e ágeis nos procedimentos para com o menino. Esses debates e procedimentos diversos continuariam até o menino começar a falar. Vamos avançar alguns anos e saltar as mesmices.

Robert já crescera o suficiente para iniciar nos estudos da escola bilíngue. Frequentava a igreja rigorosamente, além de já praticar natação duas vezes na semana. Era o orgulho dos pais. Tudo perfeitamente andante nos planos traçados. Um caminho perfeito de carreira brilhante, na educação voltada para o sucesso, segundo toda a sociedade póstuma, bem lubrificado, cuidado, defendido a unhas e dentes.

O andante-falante-nascido-alegre-já-morto Robert agora entende o valor das coisas. A moral, a honra, a dignidade, o sacrifício e o papel do capital, que pode alterar todos os valores das coisas se assim for necessário. Assim se vai desenvolvendo, com essa rotina de perfeição limpa, impecável, pura e admirada por todos os póstumos como ele. Seus pais o exaltam de canto a cantos diversos, seus amigos perfeitamente aplicados e cuidados como ele.

Jorgiolísio e Mariana presenteiam o filho, a cada ano, com uma viagem para fora da América Latina; afinal o prodígio Robert precisa conhecer o bom da vida. A cada viagem, o primo-piloto de voo doméstico, transporta todas as encomendas solicitadas, até mesmo os sempre recém-lançados videogames, para Robert. Assim os anos se passam neste mesmo roteiro, perfeito, até a puberdade do agora(já avançamos novamente os anos. O agora é o futuro das orações anteriores) recém-motorista-deslumbrante-já-morto. Sim, seus pais anteciparam o presente do veículo automotivo, pois Robert insistia e justificava que seus amigos já possuíam o seu.

A rotina mudava neste momento, onde, nos fins de semana, Robert saía para baladas, bebia e se valia de todo tipo de entorpecentes. A preocupação dos seus pais era com sua segurança, afinal, a violência urbana assolava todas as famílias de bem, como a deles. Mais dois anos se passam(neste momento corri pouco com o tempo), e as novas são que, os pais, Jorgiolísio e Mariana, decidem que o filho deva concluir seus estudos fora do País, fora da América Latina. Os motivos seriam a sua melhor educação, com melhores chances no futuro próximo, e também para curar um trauma recente, sofrido pelo pródigo, já que em um acidente de trânsito, matara duas pessoas na calçada, sem intenção obviamente. Ele fora vítima do seu estado alterado, causado por tudo que consumira naquela noite. Culpa da casa noturna que vendera as bebidas, e culpa da má influência de alguns novos amigos, de fora de seus círculos de amizade aprovados. Pobre menino, vítima-mórbida-já morta.

A despedida no aeroporto é coberta de lágrimas, abraços apertados, muito afeto entre todos da perfeita-família-aplicada na educação para o mundo dos homens-póstumos. Robert se vai indo, observando da janela a insignificância dos seus pais diante desse novo momento de sua recém-nova-vida-de-já-morto. O tempo passa por mais três anos, e finalmente, para a alegria dos pais, Robert os visitaria na América Latina para passar férias. Que alegria.

A chegada no aeroporto é novamente coberta de lágrimas, abraços apertados, muito afeto entre todos da perfeita-família-aplicada na educação para o mundo dos homens-póstumos. A alegria se torna maior com a surpresa declarada por Robert, de que havia feito provas de seleção e que passara para duas grandes universidades dos Estados Unidos da América do Norte, se tornaria um advogado, como fora o desejo de seu pai. Todos se abraçam mais uma vez, mas Jorgiolísio se ajoelha enganchado nas pernas do filho gritando de emoção. A mãe faz uma pequena pausa para perguntar sobre as encomendas ao primo. Tudo nas malas, responde Robert, o pródigo.

Uma festa é marcada, e todos do círculo-póstumo se apresentam para comemorarem as boas novas. São dois dias de festa. Um final de semana inteiro na casa da praia. Para os amigos, Robert trouxera sensações novas; e todos, na beira da piscina, debatem sobre a vida, as luzes, as forças da natureza e os pequenos seres esverdeados que escorrem pelas paredes. Em um rompante, se levanta e decide dar um passeio sozinho, com o carro de seu pai, que era novo, conversível e desejado por todos os presentes.

A festa se alastra alegre e feliz até que no quarto, o grito da Mariana, mãe do póstumo Robert, chama, de corrida, Jorgiolísio e outros que estavam na sala. O marido a encontra ao chão, segurando o telefone sem fio, última geração. Robert sofrera um acidente com o carro e estaria no hospital público, de poucos recursos, socorrido de emergência. Afoitos, do caminho ainda, ligam para a família sôfrega, médicos particulares e o pedido ao diretor do hospital para remover o filho para um hospital particular. A preferência seria o mesmo do nascimento do pródigo-póstumo. O helicóptero prontamente carrega o recém-acidentado-pródigo-póstumo Robert até o hospital particular. Os pais e a família-sôfrega, aguardam tensamente no saguão. Pernas de um lado para o outro, água mineral, lágrimas, lenços de papel importados, e um fumo, nas pausas da encenação, do lado de fora, onde comentavam sobre os corpos das enfermeiras, o novo modelo de telefone portátil, o câmbio inteligente do mais novo veículo automotivo, e do destino trágico do Robert.

A notícia triste contagia o ambiente. Ele morrera. O médico responsável por liberar a notícia, menciona, na sequencia de seu roteiro, a possibilidade da doação dos órgãos do póstumo-póstumo. Com muita dor nos corações, os pais decidem que sim, que tamanha a nobreza de espírito do filho, esse seria seu desejo. O coração, e os pulmões, e um rim, seriam doados para um único enfermo compatível, com o triplo da idade do filho, que se encontrava em um hospital público. Logo, seria uma caridade ainda mais sublime.

No calor do momento, toda a família decide viajar para o hospital público afim de acompanhar a operação do tal homem, afinal seria uma forma de manter Robert vivo, ou parte dele. Um pouco antes da partida dos pais, um agente funerário faz as contas do custo da operação funerária, luxuosa, com caixão especial, trabalhado em todo tipo de adorno possível para tão ilustre defunto.

No hospital público, Herculado acorda. Herculano, lembram? Lá do começo desse texto. Ao seu redor, os pais de

Robert resumem toda a História do filho. Herculado, poeta, escritor e professor universitário de filosofia, sacode a cabeça em sinal de aprovação; e sorrindo, diz: Parabéns, essa foi a maior utilidade que seu filho poderia ter em toda a sua existência inútil.

Elixir

No ponto este, da viagem, entreolham-se como sempre o fizeram nas decisões difíceis. Síncronos sempre o são, cabíveis, como imagens duplicadas por espelhos. Breves sorrisos, aperto de mãos, abraço prolongado, nó nas gargantas e o brilho úmido em cada olhar. Assim, na bifurcação, separam-se os irmãos sem mais fitar.

Ambos caminhos destinam a mesma terra, ambos, caminhos, duplicatas em tudo, assim como João e José, agora sozinhos. João, precoce de viagem, encontra uma queda d água de cor cristalina, por detrás de árvore franzina. Sente a briza, ao redor examina, e por tudo parou por um tempo. A noite se vem e se vai, e caminhando neste ritmo de examinar, as noites, o tempo, tudo, se vem-e-se-vai. Um animal silvestre, a chuva que cai, o horizonte, um monte. Mais uma vez tudo se vem-e-se-vai.

O tempo, não medido-esquecido-vivido por João, experimentado por tudo quanto pode provar; lhe apresenta segredos antes nem mesmo imaginados, tocados, esperados. Mas não só o tempo, mas sim, todo o caminho percebido, tocado, experimentado. Tudo o que descobrira amplificava o olhar para o horizonte. O fez galgar um monte e de pronto triunfou sua vista sobre todos os caminhos.

Vislumbrou então o monte. Do monte, as várias chuvas, as noites, os dias, as transformações, e se atentou para tudo que vem-e-se-vai. Dos que voam aos que rastejam, percebe tudo que outros homens não desejam; sente o perfume doce e também o ácido, experimenta tudo de cor e de pálido, e nestes soprar de brisas quentes e frias, não sente nem se passarem os dias.

Após duradoura chuva, de um dia qualquer, destes de que passam, sem tempo de contar, assim deduzia, parecia. Caminha para a grande poça surgida no alto do monte. Para a poça, ao propiciar de sua água provar, fita o homem que havia de se tornar, de face talhada e fronte cerrada. Sua imagem alterada, síncrona, o lembrara de seu irmão, José. Então, de nó na garganta, peso no peito, sentido alterado, abalado, brilho úmido no olhar, decide ao caminho retornar. Desce do monte para o destino seguir, destemido e determinado, de passo largo decide se ir. O peso no peito se dedica companheiro.

Cruza riachos, fende galhos, salta pedras, Pisa, desvia, esquiva, ao caminho não se desvia. Reto, de sua terra o desejo em chegar. Assim se vai, se guia, de nada o desvia. Os dias se dobram e esticam, seus pés sequer se fincam, mantém-se leve e flecheiro até mirar o primeiro fazendeiro, pequeno, ainda rasteiro. E esse já seria o aviso, seu lar, sorriso no olhar, seu paraíso.

E todos do mesmo quarto de idade se riem e se olham, seria sim, a metade do agora seu José, seu irmão, seu João. Guiado até a pequena casa, quase cabana, onde seu José definha em dor, febre e suor. De espanto em pronto, de dor pesada no peito, indaga de José e seu mal, mas não há sequer, padre, pastor ou qualquer que soubesse o fazer afinal. João, então, irmão, grita plantas e raízes, todos matrizes que deviam todos buscar, se espalhar. Ele, pronto a preparar, sem muito a esperar, a dose pura, a cura.

A noite se acortina, todos no aguardar da matina, O padre e o pastor dizem que até o próprio João se duvida; mas no galo cantar, o sol a raiar, eis que José estende sua mão para o abraço do irmão. E todos se espantam, o que ocorria? Seria isso bruxaria? Não! Grita João. Seria apenas sabedoria.

Então, de festa se fez o dia, tão alegre se admitia, que João abençoado-retornado com toda essa sua nova sabedoria. E na festa contou, mostrou, que pelo tempo viajara, e de tudo observara. Não seria egoísta, e para todos compartilharia tudo aquilo que aprendia. Venham todos, ele dizia, que não há nada além da vida, se desprender de tudo de ter se devia.

Mas dessa não aprendera, que quando do ter se pronunciava, todos e tudo se transformava. Na mesma festa já fora zombado, desacreditado e nomeado de louco por tão pouco. José, seu irmão, estende novamente a mão; e se dispõe a entender, aprender tudo de que falava o João.

No outro raiar do dia, José decidia, pelo caminho seguiria até aprender tudo quanto fosse possível, permissível. Mais uma vez, pela última talvez, entreolham-se como sempre o fizeram nas decisões difíceis. Síncronos sempre o são, cabíveis, como imagens duplicadas por espelhos. Breves sorrisos, aperto de mãos, abraço prolongado, nó nas gargantas e o brilho úmido em cada olhar. Assim, na varanda da quase cabana, separam-se os irmãos sem mais fitar.

O tempo, não medido-esquecido-vivido se vai, e se vem-e-se-vai por muitos dias. José caminha, observa, aprende tudo que pudera, e em alguma cautela se atira na brisa e no rio, tudo pendia um pequeno desafio. E viu a chuva, e encontrou o monte solitário no horizonte, e neste subiu, se permitiu. Contou as estrelas, não eram todas as mesmas; e notou o nascimento dos animais, o desabrochar das flores, um cometa no céu, as verdades escapam do véu. E sorriu, não há começo ou fim, há apenas o que vem-e-se-vai no mesmo lugar, mesmo a luz do luar.

E assim se vão os dias, muitos dias sem contar. No alto do monte, após duradoura chuva, se vai até a poça, e nesta, vislumbra o ancião, esculpido talhado, o rosto de seu irmão, aquele, o João. Um nó na garganta muito apertado o toma afetado, e de pronto define o retorno, seria um agouro. Desce do monte, aponta o horizonte e de pedra em pedra se guia, nada o desvia. Rompante e andante severo, austero, de dor com o nó na garganta, cai andante e se levanta, mas nada o desencanta.

Os dias se dobram e esticam, seus pés já cambaleiam e não se fincam, de joelhos rastejado, pesado, se vai até mirar o primeiro arvoredo, imponente, já dianteiro. E esse já seria o aviso, seu lar, lágrima no olhar, muitas lágrimas ao avistar, pêndulo no maior dos galhos, enforcado, o velho João. De joelhos se segue até abaixo do irmão, e de primeira vez sente o vazio da solidão. Desce o corpo do então, o velho João, e debaixo da grande árvore, sob a chuva fina, fria, agoura, enterra seu corpo em cova rasa, criada de próprias mãos. Antes, um breve adeus ao morto que compartilhava com o vivo de mesmos talhos, mesma barba, mesmas vestes.

Ainda ajoelhado, sobre o monte de terra do corpo do morto, agradece a terra, a chuva, a árvore e a João, por tamanho aprendizado assim doado, de bom grado. Ao erguer a fronte, de susto pronto, um menino pálido grita "Me acudam, o velho João desceu da forca para assombrar. Acudam!"

José, de plano astuto recém pensado da atitude do menino, o franzino, ergue forças para a cidade percorrer caminhante, uivante. Nesta, portas, janelas se fecham, até mesmo os audazes se retesam. E o vivo-morto se gralha se lar em lar, de desmaios e fugas, de monte as diabruras, vivo-morto do inferno atacado, vindo buscar do pecado aferido, que tamanho castigo. Assim correm, gritando os sacerdotes, o padre e o pastor, tementes-dementes em seus pequenos mundos, imundos.

Terror por José desferido, que da graça toma partido e diverte a si com tamanho alarido. Já na praça, todos amontoados, corações apertados, em valsa dançante, aproxima

José cantante e desfere a tarefa para que se vá de uma vez, sem talvez, para sempre, em frente para o além-túmulo.

Se valem de todos os ouvidos, principalmente o padre e o pastor sacudidos. A tarefa seria, sem delongas e não tardia, que primeiro de lá tudo se trocaria, das roupas, casas e honrarias, pois a nada tudo pertencia; e depois no mesmo dia, sem delongas e não tardia, cada um em baixo da grande árvore se colocaria, e até que do corpo morto se brotaria a flor azul que acalmaria e traria, tudo por se conseguir, sabedoria, de um elixir.

Tendo desferido a empreitada, o destino, o fardo; segue cantante, seguindo estrada. Teria perdoado.

Terra dos Sonhos

"Ela existe! Existe!" Exclama o viajante de nome Bento Benedito, apenas Dito de onde viera na sua origem longínqua. Atravessara dois mil quilômetros bem caminhados, carregando apenas sua grande mochila estufada bem presa às costas. "Ela existe", exclama novamente, quase sem voz. "Como disse?" Pergunta um jovem homem, recostado em um automóvel, segurando uma arma de fogo. Dito grita de um salto para trás ao perceber o instrumento reluzente. "Não, não! Não se assuste amigo. Não vou lhe fazer mal. Veja, calmamente vou guardar a arma dentro do paletó. Observe, calmamente. Viu?" Bento observara atenciosamente sim, e concorda com a cabeça, sem resposta de voz.

"Olhe amigo, meu nome é Pedro Rocha, e não vou lhe fazer mal. Na verdade já estou de saída. Na verdade também, sua presença e perplexidade, oportunas, me motivaram a recuar de minha decisão. Eu estava prestes a dar fim a minha vida.

Mas, antes de ir, me responda o motivo de tanto espanto? Não conhecia a cidade?" Ajeitando-se vagarosamente, responde " Meu nome é Bento, mas pode me chamar de Dito, como todos que me conhecem. Sobre a sua pergunta, só ouvia falar dela, da cidade. Não acreditei que havia chegado. Mas antes que eu continue a adentrar na Terra dos Sonhos, diga-me, por que acabaria com sua própria vida com tantas possibilidades no interior da cidade? Não vive você também o mesmo sonho que todos os outros de seu interior?" Sorri sacudindo a cabeça em negativa, "Dito, você me parece um homem bem educado, e não um retirante qualquer, que, vislumbrado de tantas promessas, vem por cá se perder e se largar. Antes de lhe responder a esta sua pergunta, responda-me a uma outra pergunta. Diga-me Dito, o que espera encontrar na nossa terra de sonhos e promessas? Veio realizar seus sonhos? Veio buscar novos sonhos? Ou veio curiosamente buscar respostas sobre o porquê de outros homens sonharem com todas as suas forças, todos os meios deste lugar?" De breve sorriso, já relaxado, responde "vim por todas estas perguntas e tantas outras que nem cabe agora relatar. Mas diga-me você agora, como é?"

Aqui é a terra da liberdade, mas esta se dá seguindo uma relação de quatro mil páginas de leis restritivas, só assim terá a liberdade. Aqui é a terra da fraternidade, onde todos o chamarão de irmão se aceitar suas ideias de verdade. Também é a terra da igualdade, onde todos têm as mesmas chances de continuar procurando ser igual a todos os outros, até o final de suas vidas. Em resumo, é uma maravilha para as minorias; bem, na verdade só existe uma única minoria, a de um por cento dos homens que detém o domínio sobre todos os outros dominados, que de fato, são a maioria. Nesta nossa megalópole, o seu destino é guiado pelo seus sonhos, pois aqui é a terra das oportunidades de realização de todos os sonhos, e somente aqui, até mesmos estes, os sonhos, podem ser registrados como sua propriedade. Desta forma, nenhum outro homem pode sonhar o que você sonhou. Caso isso ocorra e ele insista, será punido severamente pelo que está escrito nas quatro mil páginas de leis restritivas. Também será punido todo homem que infringir qualquer uma das leis escritas nestas páginas, salvo a condição de seu capital patrimonial; pois este é o salvo conduto a qualquer lei que puder fazer valer. Afinal, cada uma das leis possui um peso a ser considerado através deste capital. Em suma, quanto mais você, Dito, possuir de patrimônio, menos páginas das quatro mil existentes de leis, se valerão contra ti. Então, o que acha? Não é perfeita?

Penso que é a mais perfeita síntese do que esta realmente é, pelo que já venho escutando desde muito tempo. Isso tudo que me diz é interessante desde que eu possa continuar escolhendo minha entrada ou não, em seus domínios, mas pelo que venho escutando há muito tempo, esta Terra dos Sonhos vem se expandindo impiedosa, e em dado momento terá alcançado tudo o que puder existir em todos os horizontes. Se isto acontecer, não poderei mais escolher entrar ou não neste mecanismo, e não podendo mais escolher se aceito todas as condições escritas e planejadas, não seria isso imperativo?

É para isso que existe a democracia, meu amigo. Onde a maioria de cinquenta-por-cento-mais-um, acorda em aceitar tais ideias; e os outros cinquenta-por-cento-menos-um que não concordarem, bem, estes já estarão excluídos por sua própria culpa. Mas não se preocupe com isso, você me parece um homem inteligente, e com certeza iria escolher o lado dos cinquenta-mais-um, que também é o lado da minoria do um por cento que domina, escreve e elege todas as quatro mil páginas que mencionei. Estando ao lado destes, lado certo. De uma sobrancelha suspensa, Dito pergunta "Mas não há quem questione tal mecanismo?" Respirando fundo e ajeitando o paletó, responde Pedro " Dito, Dito, errado. Pergunta errada. Na Terra dos Sonhos, onde há a liberdade, tudo se pode questionar, afinal isso é liberdade. Mas, porém, pois, contudo, entretanto, todavia, não se pode questionar o mecanismo, entende? Pode questionar tudo dentro do hermético modelo, mas não o modelo. Desta forma, até mesmo os que te querem bem, irão contra ti, pois não há quem queira sair do operando desta terra.

Então me responda Pedro Rocha, por que tentaria se matar? Resposta que ainda não me agraciou até o presente instante. Pedro sorri e nega com a cabeça. "Angústia", responde. "Um dos preços que se paga por viver neste lugar, caro novo amigo Dito. Passamos todo o nosso tempo buscando o que nem sabemos, para sanar outras dores que nem mesmo conhecemos pelo objetivo de ter a realização, ainda em vida, com tempo de viver do sonho em realidade. Antes a morte, do que descobrir que o sonho não será alcançado. Assim pensava eu até você me salvar. Foi a tua exclamação que me deteve a aceitar que é tudo real. A maior verdade é toda essa mentira; e da Angústia, que agora, ao prosear contigo se transforma em alívio, entendo que o melhor a fazer é simplesmente viver. Não há nada o que buscar e nem de se ter que já não tenha comigo. Deixe-me então retribuir e convidá-lo a voltar pela estrada de onde viera, para buscar outros caminhos. Agora seríamos dois, quem sabe amanhã possamos ser mais e mais? Sejamos, e deixemos o ter para os homens que não conseguem ser mais do que conseguem alcançar com seus braços."

Dito ajeita a mochila nas costas, vira-se para a cidade e diz "contudo, amigo, preciso ir ver a cidade no seu ventre. Preciso senti-la. É irresistível. Mesmo tratando dos negativos." Pedro então retira o paletó "caro amigo, faço uma nova proposta: troquemos de roupas para que você tenha mais chances. Utilize também o meu carro e o que tenho na carteira. Adentre a cidade. Me passe a mochila e suas roupas. E a arma, bem, a arma, enterremos aqui." Feitas as trocas, Pedro segue pela estrada no sentido oposto à cidade. Dito entra no carro, liga o motor, segue na direção do ventre da Terra dos Sonhos. Pedro caminha por horas na estrada. Dito guia o veículo vagarosamente, deslumbrado com tudo que vê. Dado momento, ao parar em um sinal de trânsito, e antes que pudesse dar um suspiro a mais de emoção, é alvejado nem sabe com o quê, e cai para o lado. Ainda de visão múltipla e lenta, vê os homens entrando no carro, revistarem seus bolsos. Consegue apenas distinguir uma única frase claramente antes de perder totalmente os sentidos. "pegou tudo? O relógio, tinha?"

Enquanto isso, Pedro, já percorrido algumas horas de viagem, com os pés muito doloridos, sede, fome, peso nas costas, e mesmo sem saber onde a jornada destinaria sua vida, continua seguindo, pois de sonhos decidira que não mais viveria.

Fábulas

Foi então que o coelho agonizou, gritou, chorou, lamentou os dias não vividos, por seus filhos, sua família; estripado pela andorinha, esta que sorria enquanto o abria. Executou o coelho por conta de seu pacto de território quebrado, a mando do chimpanzé, que nem por perto nunca está. A tartaruga chorou, ao longe; a coruja, também ao longe, do alto, observou, e o lobo, bem, o lobo fora o culpado, assim afinal, era o que seria, pois um lobo é um lobo.

A tartaruga bem tentara salvar o coelho, mas seu corpo a limitara, pequena suja de desculpa esfarrapada. Sabia do destino do coelho desde o começo de sua jornada, mas evitava ser maculada. De longe somente observava, de palma estendida como quem dizia " agarre-se em mim, não se entregue ao fim".

A coruja analisara cada ação interpretada, cada gesto, cada fala, e muito fácil calculava, durante, tudo de ser atuado, bem dito, feito, executado. Por cima, ausente do que ali se passava. Ela via e sempre sabia de tudo, e todos sabiam de seu saber.

Os outros animais então, os de andar, correr, voar, todos, se perguntaram e se lamentaram do lobo ter feito esta vítima. O pobre coelho, pai de família, trabalhador; bom genro, irmão, filho, estripado cruelmente, sem motivo aparente. Mas o motivo menos importava diante do fato do lobo ter executado.

O lobo, nada bobo, sabendo dos rumores através do vento, não perdeu tempo em juntar suas coisas, e pela trilha mais estreita indica o caminho para a família seguir. Enquanto, para a trilha mais larga se dispara barulhento, gritante e marcando seu cheiro nas coisas. Nada mais lhe importava a não ser convidar a todos para o perseguir. E assim fazia enquanto corria: barulhento, gritante, marcando seu cheiro, barulhento-gritante-marcante.

A andorinha, de voo rasante apenas comenta passante entre os bichos todos dali "É, que estrago fez o seu lobo que deixamos viver entre nós. Que estrago." E, então, a tartaruga é questionada, pois fora reconhecida como única testemunha do evento ocorrido, pois ali já se encontrava antes da chegada de todos os outros bichos. Ela confirma o lobo, embora olhasse para seus pés na resposta, e ao erguer a cabeça vagarosamente, procura com os olhos a coruja que ao longe se oculta, pois sabia ela que aos olhos desse bicho voador, nada passava.

De lamento em lamento, de lágrima em lágrima, e após o eloquente discurso do porco, resolveram todos a caçada começar. E, corre-corre, pedras e galhos armados, todos. A coruja ainda observa, atenta, a tudo quanto pode, distante, curiosa.

De juncos em juncos, pedras em pedras, tocas-buracos, o lobo é procurado até que a raposa, sua parente amiga, grita "Pela trilha!". E vão todos raivosos corredores, e o lobo corre-corre ofegante, sobe, a esta altura, um pequeno morro úmido, até que um dos caçadores-bichos arremata "encontrei!". E todos gritam, saltam e atacam ferozes, arrancam olhos, presas, patas, caudas, estripam como havia estado o coelho, algozes. E gritam e comemoram triunfantes da vitória.

O lobo, sente o frio na espinha, as patas titubeantes, e o cheiro da morte trazido pelo amigo vento. Sua família. Corre quanto pode o caminho de volta à trilha estreita, a primeira, e já escuta as vozes crescendo, no corre como nunca correra; as vozes, o odor sufocante, a família. E chegando bem próximo como flecha, ainda pode ver por entre as folhas, o último subir-descer do peito de seu filho antes do salto feroz sobre os bichos todos daquele lugar. E mutila, esmaga, rasga, uiva, sangra, entre os gritos de horror dos ainda viventes. Mas antes que pudesse cobrir toda a veracidade de sua dor... BAANG! O tiro do caçador-homem o arremessa moribundo para ao lado do corpo de sua mulher, também estripada, mutilada. Ele a observa pela última vez, de olhar mudo, que fitava o céu azul daquela manhã obscura.

O caçador-homem, de pé sobre o lobo, fixa a mira sobre sua cabeça e pergunta aos animais ainda vivos à volta: "sua sentença?"

Em uníssono, todos respondem "mate o assassino!" A tartaruga observa, com a andorinha pousa sobre seu casco, a coruja finalmente se aproxima, desce para ver mais de perto, e então, como recurso final, o lobo, já quase sem vida lhe aponta e afirma: "tu sabes."

Todos voltam o olhar para a coruja, que ergue a cabeça, estica suas asas e voa. O caçador-homem atira, a justiça é feita, e toda a sociedade animal é agraciada para o normal de suas vidas cotidianas.

A caixa mágica

Caminhando apressado até o carro, olha para o relógio de pulso para confirmar seu atraso, e antes do olhar retornar ao prumo da rua, tropeça, cai posicionado quadrúpede. Com todo o ódio que se pode sentir, já começa seu dia desse jeito, condena todas as gerações do algo, qualquer coisa. Ao virar-se, encontra o alvo das pragas que desferira, a caixa vermelha, de estrelas amarelas, duas listras verdes, ali está.

Olhando para todos os lados, já com a caixa ao seu alcance, nota nenhum movimento, ou olhar, ou quem poderia ser dono do objeto irritante. Mais uma vez olha para o relógio de pulso, confirma seu atraso, pega a caixa e corre brevemente para o carro. Os segundos da queda compensariam com a breve corrida.

No fluxo para a empresa, o telefone avisa o chamado de sua mulher, depois o chamado do filho mais velho, do mais novo e por último de seu chefe, através de sua secretária de voz macia. Escutou, respondeu a todos e em um sinal de trânsito qualquer, durante o percurso, curioso, abre a caixa depositada no banco ao lado. Observa o seu interior, e entendendo o seu conteúdo, decide, em voz alta: "Vou ser mágico". Seu dia recomeça.

Chega na empresa sorridente, com sua valise segura pela mão direita, e sua caixa vermelha, de estrelas amarelas, duas listras verdes, segura entre o corpo e o braço esquerdo. Passante pelos corredores, olhares, comentários, sorrisos, cumprimentos, ciclo repetido até a chegada na sua sala. Pousa a caixa sobre sua mesa, analisa, ainda de pé, os relatórios já depositados para sua análise. Ao sentar-se o telefone chama. A secretária do chefe, depois a mulher, o corretor de seguros, um gerente de setor. Nada mudara seu humor depois da caixa.

No primeiro intervalo de quinze minutos, retira os primeiros itens da caixa. Baralhos com instruções no verso, cartola, varinha mágica, copos, e diversos itens de montar. Todos notam os seus novos movimentos através das paredes de vidro da sala. Alguns admirados, outros apenas surpresos com o novo passatempo. Assim se vai o dia, de intervalo em intervalo, um truque ou outro aprendido, praticado, assim se valia.

No retorno para o lar, apresenta o primeiro truque durante o jantar. A mulher e os filhos o criticam, pois não cabia tamanha inutilidade. E que novo passatempo estranho, comenta a mulher. Não se frustrou com os comentários, ou negativos de sua própria casa. O interesse pela caixa, e todos os seus apetrechos eram sua importância no momento.

Os dias vão se passando, todos vão se agraciando do novo comportamento, mais calmo, mais compreensivo, compenetrado. Sua mulher adorara, pois não mais tinha que suportar as investidas do marido insaciável. Os filhos adoraram, pois não mais foram cobrados de tarefas e estudos. Até ganharam um novo videogame. O chefe adorou, pois se tornara mais dócil. Os colegas de trabalho adoraram, pois se dedicava ao trabalho que desempenhava, sem interferir nos trabalhos dos outros.

O que fazia era para o único objetivo de ter mais tempo para se dedicar cada vez mais aos elementos contidos na caixa. Livros, cartas, dados, cartola, gravata, quadrado mágico, e muito mais. E se dedicava mais e mais, e apresentava, sempre que podia, um novo truque nos intervalos. Em casa, ou onde pudesse praticar com público, que sempre o ignorava nesta arte nova. Todos adoravam seu novo comportamento, dócil, gentil, ausente, mas desprezavam seu objetivo, seus truques de mágica. Essa foi a rotina de dias, semanas, meses.

Ao final de uma reunião de trabalho, ainda com os clientes à mesa, oferece um truque. O chefe e os colegas tentam desviar esse foco, mas antes que pudessem intervir mais incisivamente, já estava o pombo saindo da cartola, que em um voo rápido retorna para o mesmo buraco. Palmas, sorrisos forçados, e logo um comentário qualquer sobre o contrato, para desviar desse foco. Ele sai sorridente, estava muito contente, avançava no aprendizado.

O chefe e os colegas logo decidem aumentar a carga de

trabalho para isolarem-no do passatempo, agora, já inconveniente. Sua rotina na empresa é alterada, quase sem intervalos. Telefonemas, contratos, relatórios, carimbos, análises e muito mais. A caixa se distancia e sua ânsia o agoniza. Em casa então. Pensa.

No lar, a mulher saudosa das graças do marido, irritadiça, repudia qualquer truque antes mesmo de sua preparação. Os filhos, tratam-no como invisível, pois o mero sorriso, ou um olhar direto poderia ser um convite a uma nova apresentação. Apenas cobranças em bilhetes, lembretes. Contas, mesadas, era o que importava; não para ele, que se dedicava noites, madrugadas. No café, no jantar, uma carta que voa, uma flor desabrocha, e logo, o café e o jantar solitário.

Na empresa, o almoço e as pausas são de truques em mesas vazias. Não se importavam com truques, mas sim com seu rendimento acelerado. De meio humor, olhar constante para o relógio de pulso, assinatura, relatório, telefonemas, sua mulher, seu filho mais velho, o mais novo, corretor, sua mãe, o cunhado, o vizinho. Tudo era rotina, mas a caixa sua companhia, sua máxima alegria.

Enfim, cria coragem para marcar a grande apresentação para todos, casa e trabalho. A mulher e os filhos desacreditam, o chefe e os colegas dão negativo. Elabora então, para não receber outro mais novo não, que esta sua apresentação seria no dia de seu aniversário, não no lar ou no trabalho, mas em uma casa de show que alugaria para comemorar, apresentar. A mulher se irrita, mas não pode travar, os filhos sentem que seria esse esforço o mínimo, o chefe e os colegas para não se constrangerem concordam, afinal, aniversário é aniversário.

Com tudo acordado, marcado, pago e faltando apenas três meses para a data, se prepara horas mais. Apenas três horas de sono, se compromete com a causa. Três horas de sono e nada mais.

O trabalho, a casa, o chefe, os colegas e até a família; nada mais era foco, senão o praticar de truques novos. Da caixa retirava de tudo, e de tanto praticar, em seu interior passou a se colocar para dormir companheiro de tudo que havia por lá. Se descobre amigo dos coelhos, que tomavam sempre xícaras de chá; e vez em quando, quando em vez, os pombos o retiravam de lá, suspenso pelas calças, somente por farra. Havia se encontrado onde sempre deveria estar, assim pensava.

Os dias caminham depressa trazendo a data do evento, seu nascimento, ressurreição. Sua ansiedade desenhava um sorriso agora permanente de todos os dias, e assim, de casa para o trabalho e também de volta outra vez em casa. Focado apenas na apresentação, seu chefe, juntamente acordado com seus companheiros de trabalho, decidem presentear o tão compenetrado entusiasta de truques, com a semana seguinte de folga, somente em casa. Seriam seus últimos dias recém corredores até a data. Somente em sua casa, enfornado no quarto de truques(um novo cômodo recém-criado a partir da divisão do escritório em duas partes), Faz e refaz os truques todos. Pausado apenas pela mulher que trazia, três vezes ao dia, as frutas, chá, biscoitos sem sal e água engarrafada.

No antepenúltimo dia, sua mulher adentra no quarto de truques trazendo largo sorriso e doce voz com a notícia "meu querido, tenho uma mega surpresa para você. Conseguimos, eu, as crianças e todo o pessoal do trabalho, uma casa de festas ainda maior, com um público também maior, que o aplaudirá de pé. Amanhã mesmo, de véspera, virão te buscar dois assistentes para ajudar com todos os preparativos. O que me diz? Gostou da surpresa?" De meio sorriso, ainda paralisado, responde que sim, que concorda com a surpresa. Este seria o melhor presente de sua vida de todos os tempos do agora, desde o passado até o futuro quanto houvesse. De voz trêmula e olhar afogado, ela desfere um boa noite e um beijo na testa antes de apagar a luz do cômodo.

Pronto para se entregar ao sono, já deitado e ajeitado no chão, ouve a voz de um dos coelhos da caixa: "mas isso não é bem assim. Isso não é bem assim mesmo." Senta-se então ao lado da caixa e com uma lanterna pequena, contida dentro da própria, ilumina o que alcança para ter uma explicação do bicho peludo. "o que diz", pergunta, lento de sono. "Ora, amigo, nós somos seus assistentes oficiais. Seria uma grande desfeita de sua parte, que se senta conosco para o chá todos os dias, aceitar outros assistentes que não sejamos nós. Seria justa até nossa inimizade". "Não, não farei isso! Vamos resolver isso de forma diplomática, afinal é também parte do presente de minha mulher". "Chá", pergunta o coelho. "Sim, decidiremos com chá e biscoitos sem sal". "Tive uma ideia", exclama o coelho. "Façamos o seguinte, amigo meu: hoje saímos de casa, no alto da noite, e deixamos um bilhete explicando que precisaríamos de mais este tempo, longe de todos para que o grande truque se cumpra. Desta forma, amanhã, quando vierem os assistentes contratados de sua mulher, encontrarão, todos, o bilhete. Deste modo, educado, sutil, não ficarão constrangidos em receber a palavra não. O que acha?". "Excelente resolução amigo peludo. Arrumamos tudo agora silenciosos, e no alto-mais-alto-da-noite vamos caminhando até a casa de shows que contratei, chegaremos no dia certo, na hora da apresentação, para a surpresa de todos. Depois do encontro na casa que nem chegamos, mas já antiga, reunimos todos para a segunda casa, a que nem conhecemos, mas já mais nova.

Assim fizeram. No dia seguinte, véspera da apresentação, já no caminhar devagar, o telefone portátil toca. É sua mulher, desesperada ao telefone. Como precisava se concentrar e não entendendo o texto que ela repetia desenfreada, apenas responde: "fique tranquila, estarei na casa de shows, a primeira casa, não a segunda, na hora combinada. Fique tranquila. Diga aos rapazes assistentes, os novos, que me aguardem na segunda casa, a mais nova."

Nasce o dia do nascimento-ressurreição. A apresentação do mais novo mágico formando. Chega sorrateiro, vendo uma grande concentração de pessoas aos portões. Abre a caixa, ergue a roupa de mágico, veste-se, e de um salto inusitado, aparece na frente de todos com a fumaça roseada e o estampido da pólvora. Sobressalto de todos e o grito de sua mulher "É ele!"

Na multidão reconhece colegas de trabalho, o chefe, sua família e vários homens e mulheres vestidos de forma estranha. Ao observar, que, após o grito da mulher, as expressões de todos moldaram-se para a deformidade, pende o corpo para trás, e ao grito do coelho "Corra!" Segue em disparada para dentro da casa de shows.

O coelho continua: "Solte os gambás da caixa! Também os ratos e a fumaça roxa, a roxa!" Correndo e arremessando tudo que era sugerido, chega ao palco. Acende as luzes, pega o microfone e nota que neste momento, todos os seus perseguidores hesitam por um instante, olhando para o palco. Leva o microfone até a boca e, sem nem mesmo saber o porquê, solta um grito de horror. Neste momento todos invadem o palco e novamente o corre-corre. Passa por um, se esquiva do outro, joga a cartola no terceiro e o coelho grita "Para a caixa, a caixa!"

Ele tenta alcançar a caixa, que, a esta altura, havia escapulido de suas mãos, mas homens e mulheres o agarram, e o seguram de costas ao chão. Um dos homens ergue uma seringa e ao procurar os rostos conhecidos dentre tantos sobre sua visão, a seringa o fere e injeta algo turvo, que o deixa de visão morna e múltipla. Identifica o rosto de sua mulher, de seu chefe, de um dos filhos; todos turvos, rodopiantes. Tudo escurece.

Desperta no quarto de hospital, muito branco e claro,

com os olhos ainda embaçados, escuta as vozes. "Está acordando", "Está com uma cor ótima".

Olha para os lados e reconhece a mulher, os filhos, alguns poucos colegas de trabalho, o seu chefe. Então pergunta "O que aconteceu? O que estou fazendo aqui?"

Seu chefe responde " Está tudo bem agora, meu garoto, vai ficar bem." E então, este se despede convidando os outros a se retirarem também: "Vamos, deixem-no com a mulher e os filhos."

Sua mulher, após todos saírem, desfere: "Está tudo bem amor. Seu emprego permanece, sua família te ama, e já arrumamos a casa para o seu retorno. Não se preocupe com nada, tudo já passou e sua vida, nossa vida, já está normal desde agora."

Abraça a mulher, cata também os filhos no abraço, "Obrigado meus amores, obrigado." Ao buscar com os olhos, durante o abraço de sua família, encontra o coelho no canto, na quina da parede ao fundo, sinalizando silêncio com o dedo indicador sobre os lábios.

Silêncio, Escuridão e Dormência

A quem possa interessar,

Estou um moribundo. Sou incógnito e insignificante. Eu vou morrer e estou só. Somos sós. Nem mesmo a história que vou escrever nas próximas linhas, é importante comigo. Como mencionei, sou desprezível. Contarei uma história de outros, onde tentei fazer parte, uma pequena peça deste espetáculo que se encerra para o meu ponto de vista. Me sinto, ainda, obrigado a relatá-la. Eu não tenho a pretensão de me fazer creditado por quem possa vir a ler esta carta, que nem existe fisicamente, pois se trata apenas de minha imaginação construindo a cena, a mão, a caneta, as folhas; e nem mesmo tenho as letras necessárias para me expressar suficientemente bem, para que possam, estas, serem devidamente eficazes para meu objetivo, o relato.

Apenas escrevo sobre tais fatos, para que estes possam se perpetuar enquanto minha consciência ainda existe. Eu serei breve, pois o tempo não sei mais sem meus sentidos. Não escreverei com devida preocupação em ser agradável, e não ocultarei minhas opiniões sinceras acerca das coisas; abandono a pompa e as palavras primorosas aos mentirosos e aos sofistas. Não me importo em ser aceito, admirado, não mais.

A história é sobre a existência de três personagens singulares, homens que detinham sua humanidade no simples existir, e não no fazer de coisas que os colocassem em devido degrau de classificação. Não sei muito a respeito da parte anterior, ao começo em que participo dos acontecimentos de suas vidas, mas o pouco que sei, a partir deste começo, que mencionei, é muito rico, e proporcionou uma grande mudança na minha percepção acerca do mundo. Trato aqui de personagens fantásticos, são eles: Silêncio, Escuridão e Dormência. Estes, três irmãos gêmeos de pais desconhecidos, vindos não se sabe de onde, abandonados ainda bebês em estrada qualquer, encontrados não se sabe por quem; eram todos mórbidos-aleijados, os irmãos.

A morbidade não se dava apenas em suas deficiências, mas na forma como se utilizavam dos predicados do outro para sobreviver. Eram como siameses, embora desamarrados, de corpos separados.

Escuridão era cego de nascença, mas dependia de Dormência para ser seus olhos; escutava ao longe; era franzino, porém comprido. Dormência nascera com músculos e ossos atrofiados, não podendo se mover, era extremamente dependente de qualquer um dos irmãos para carregá-lo nas costas; era um emaranhado de membros embolados em um montinho de tronco; sua cabeça se destacava em relação ao corpo; era o grande cérebro dos irmãos e possuía notável sabedoria, falava sobre tudo e conhecia todas as coisas. Silêncio nascera surdo-mudo, era o batedor do grupo, porém, como nascera também um pouco deficiente de suas funções racionais, dependia dos dois irmãos para suas decisões; era mais baixo que Escuridão, porém mais robusto e extremamente acrobático. Dormência enxergava e decidia, Escuridão ordenava e questionava, Silêncio agia e buscava.

Essa relação no outro, trazia curiosidade a todos os que os fitavam. Gêmeos aparentemente diferentes, com seus singulares defeitos à mostra. Predicados em cárcere hediondo, e extrema vontade de sobreviver; não somente às barreiras naturais, mas às barreiras não comuns a todos, Suas próprias dores.

Assim eram eles; infelizes defeitos da embriogênese humana, refugos da perpetuação da espécie Homo Sapiens, escórias sociais, receptáculos da misericórdia mundana. O repúdio dos que os observavam era composto da culpa comum em não querer se imaginar na mesma desgraça, e na hipocrisia humana em servir-se, não para beneficiar o próximo, mas para ludibriar a própria consciência com o feito que se serve do dever cumprido. Esse é o nosso mundo perfeitamente aplicado na arte da bondade. Como todo ser vivente, os irmãos eram persistentes na tentativa de sobreviver; buscando subjugar a seleção natural, cuja arbitrariedade de escolhas não faz mira no que vai descartar. Diferentes na bondade e generosidade dos homens normais, Silêncio, Escuridão e Dormência, eram verdadeiros. O que incomodava era expelido e o que agradava era bem recebido.

Eles tinham diferentes gostos, mas sabiam tolerar os desejos e a deficiência do outro, sem fingimento. Silêncio e Escuridão, gostavam de sexo com prostitutas, Dormência saboreava laranjas; Escuridão e Dormência gostavam de recitar poesias e cantar, Silêncio praticava maldades com o gato; Silêncio e Dormência, admiravam o pôr do sol, Escuridão embriagava-se. Mais do que vestes convencionais, cobriam-se com a nudez da verdade. Eram o desejo contido da real humanidade. Não discutiam, não lamentavam, não julgavam ou sentenciavam. Simplesmente, viviam tendo aceitado o que nasceram, e assim toleravam aos outros com suas respectivas marcas. Eram homens, não fantoches. Melhor, eram seres superiores aos homens, que só fingem o que precisam para serem aceitos e recompensados.

Eles sobreviviam de apresentações. Os três vagueavam de cidade em cidade, apresentavam-se como o Jogral, o Segrel e o Menestrel; um grupo saltimbanco. Silêncio era o dançarino, suas coreografias contorcionistas o faziam parecer um homem de borracha. Escuridão arpegiava muito bem o seu violão de doze cordas, "Um erudito!", diziam alguns observadores. O cérebro pensante do grupo e cantor, era Dormência, com uma voz melodiosa e vibrante, que não condizia com a figura retorcida que era amarrada a um pequeno mastro no momento das apresentações. Suas canções eram compostas de melodias refinadas, e suas letras eram rigorosamente escritas em sonetos: Falavam de suas vidas entre os homens comuns, e propositalmente se elevavam da condição de humanos, se faziam perceber arautos da sabedoria sublime, e desta forma se alimentavam das paixões catárticas dos expectadores. Devo admitir, eram sabedores da natureza humana, e faziam ganho secundário, oriundo das deficiências. Espetaculizavam a morbidade, e transformavam-na em arte. Eram a própria arte se mimetizando.

As suas viagens seguiam sempre a mesma rotina: apresentações, repúdio, angústia, compaixão, solidariedade, prostitutas, laranjas, poesias, gatos, pôr do sol, aguardente.

Essa receita de sobrevivência terminaria nesta cidade onde me encontro. Eu fui responsável pela tentativa de mudança em suas vidas, e me orgulho disso.

Foi em uma manhã desta Estação, que haviam chegado. Silêncio andava à frente, seguro na mão por Escuridão que carregava Dormência amarrado às costas, lhe servindo como os olhos. Dormência era o pedinte, e Escuridão o que estendia as mãos. Olhos curiosos-fugitivos, sussurros harmonizando uma baixa sinfonia e uma crescente alegria nos rostos dos viajantes. Até mim, vieram os três. Dormência os apresentou, e então pediu que os guiasse até a praça, se esta existisse em nossa cidade. Ainda incômodo e curioso, conduzia as bestas, sem muitas perguntas, até o centro da cidade, para a praça. O cortejo aumentava em número durante o percurso, e ao chegarmos ao destino, já eramos quase toda cidade. Aqui não tínhamos muitas atrações; as vidas se limitavam a mover a economia pesqueira, e eu, o único médico da cidade, me preocupava em mover as esposas dos trabalhadores viajantes. Sim, confesso toda a minha imoralidade e indecência, sem arrependimento algum no coração que bate agora lentamente, talvez. Eu digo que faria tudo de novo. Sou um pervo. Admito. Mas gosto de cada gota de mim que se esvai.

Chegando então, ao destino, a praça; os irmãos se apresentaram pela primeira vez. O público estranhou, abarcou, suspirou e pagou pelo espetáculo. Ouvi muitos comentários, muitas lamentações e muito sofrimento ao final. As pessoas se afeiçoaram àqueles seres horrendos. Não me emocionei, não sofri e não paguei. Julguei um *show* regular, e para ser sincero: não pagaria por compaixão. Essa era minha dose de sinceridade. Os viajantes anunciaram uma segunda apresentação para o próximo dia, no mesmo horário. Por mera curiosidade, decidi convidá-los a ficar na minha casa, e o fiz por esta curiosidade de pesquisa apenas, assim foi no princípio.

Dormência aceitou tentando fitar-me, virando os olhos o tanto quanto pôde, Escuridão sorriu e Silêncio me olhava atento, talvez tentando decifrar o que falava, mas meu bigode longo e largo, que cobria, dos lábios superiores até a metade dos inferiores, dificultou sua leitura. Eles me acompanharam com a sua marcha de viagem, lenta e silenciosa. Todos na cidade assistiram nossa caminhada até minha residência. Algumas crianças nos acompanharam até o portão, e perguntavam sobre várias coisas dos viajantes; eu apenas deduzia.

Eu não os hospedei na casa grande, mas na casinha dos fundos. Servi-os sopa quente de ervilhas e refresco de laranja. Não mencionarei detalhadamente como comiam sopa. Posso dizer ao menos que era uma apresentação à parte. Enquanto comiam, preparei o quarto da casinha, que também era diminutivo. Minha curiosidade se moldara para pesquisa no momento que eu os vi se alimentando. "Talvez eu pudesse fazer algo para ajudá-los", pensei rapidamente; mas logo me recobrei da razão e reconheci não ser tão nobre.

Pronunciei o "boa noite" e me dirigi para o leito, o meu. Naquela noite não preguei os olhos um só instante; fiquei imaginando como deveria ser suas vidas, o incompleto de seus seres, a agonia da negação às suas limitações. Me senti muito só e vazio, pois tinha tudo e ainda usurpava o pouco de todos de onde vivia. "Isso passa!", pensei comigo; como tudo que já passou e passará. "Não sou tão nobre assim".

O dia amanheceu e preocupei no agilizar do seu desejum. Eles já estavam acordados e sorridentes pela hospitalidade oferecida. Silêncio era o único desconfiado de minhas intenções, mas eu sabia que seu incômodo era não poder ler os meus lábios. Depois de algum tempo eu até falava entre os dentes para dificultar um pouco mais. Talvez sadismo de minha parte.

Confesso que me sentia temeroso, e quase desisti do plano que elaborara durante a noite passada, pouco dormida. Seria minha chance única de retratação para com a humanidade, provar a ciência que tudo é possível quando nos desprendemos dos grilhões da ética hipócrita que nos fazem jurar. Falo da medicina.

Chegada a hora de sua segunda apresentação na praça, onde toda a cidade se mobilizava. Pedi a algumas das senhoras que sirvo minhas graças, para escoltá-los a minha residência após a apresentação, já que eu mesmo estaria ocupado com alguns atendimentos e afazeres pessoais. Então, só, em minha casa, comecei o processo. Corri para o lado da casa que representa minha clínica de atendimentos, cuja entrada é do lado oposto à entrada social; faceando uma outra rua, vulgarmente chamada por mim de "rua de trás". Pendurei o aviso na porta "Fechado", fechei as cortinas, me despi apropriadamente, e ansiosamente peguei os instrumentos necessários, no caso, apenas o bisturi, uma tesoura e uma máquina de raspar pelos.

Comecei pelos pelos de minha cabeça, depois raspei as sobrancelhas, e por último todo o restante do corpo; é claro, deixando de fora da tosquia, o meu bigode disfarçador. Com o bisturi, amputei um dedo mínimo, é claro, utilizando anestesia e a devida cauterização. Sou muito detalhista e limpo.

Aguardei a chegada dos meus hóspedes, vindos de sua apresentação na praça, usando chapéu, óculos escuros e roupão. Assim que adentraram, me despedi das moças, retirei todas as peças de roupa e me mostrei o novo. Então, sugeri uma parceria, onde eu seria o quarto integrante. Eu poderia ser o empresário do grupo, onde seguiria entre o público com uma grande sacola, recolhendo fundos para as próximas apresentações, crescendo a empresa, e com o tempo, erguendo um grande circo de aberrações.

Eles não entenderam no começo. Na verdade, dormência e escuridão se espantaram, e um deles explicou melhor a Silêncio do que eu tratava; este logo negou com a cabeça, o que me deixou bem irritado. Expliquei melhor a proposta e todos se negaram ao negócio. Mas antes que eu pudesse insistir, a campainha de minha casa tocou e então, após me vestir rapidamente, e atender a porta, um morador qualquer já entra sem perguntar e já lança "boa noite! Então, vamos?"

Confesso não ter entendido até que dormência respondesse que "tudo bem", e que já estavam prontos para as oficinas. "Como assim? Oficinas?", perguntei eu. Então Dormência me explicara que se devia de um trato entre eles e alguns moradores, para ensinar-lhes a fabricação de pão doce. Trato este feito durante a segunda apresentação deste dia, onde eu não estava presente.

Fiz questão de acompanhá-los, devidamente vestido, obviamente, para que não percebessem minha nova aparência mórbida. Eu andava atrás de todos e observei como o morador, e depois outros mais, que se juntaram durante a caminhada, os tratavam com tamanha naturalidade a esta altura das relações aproximadas. Eu nunca tivera tal intimidade e franqueza no desenrolar de assuntos com as pessoas comuns de minha vizinhança. Eu sabia o que estavam fazendo. "Vagabundos miseráveis! Isso é o que eles são!", assim exclamei eu, para mim mesmo. Estavam conquistando todas as pessoas de minha cidade, e de forma sutil, doce, alimentando-se de suas bondades.

Chegando ao local onde aconteceria a oficina de fabricação de pão doce, fiquei perplexo ao perceber quase toda a cidade espectadora desse mais novo espetáculo. Eu estava lá novamente pela curiosidade. Me detive a tentar calcular como aquelas aberrações ensinariam a fabricar pães doces. Eu estava com um leve sorriso no rosto enquanto imaginava todas as possibilidades, algumas lágrimas rolavam de meus olhos, gargalhadas contidas. Mas, ao começarem o ritual, a dança da fabricação, logo tranquei e franzi minha testa, pois era sublime. Começaram os três juntos, misturando. Dormência apenas ditava os ingredientes e fazia piadas para a plateia, Escuridão e Silêncio misturavam os ingredientes, e logo, depois dos primeiros passos, Dormência improvisava uma canção com os procedimentos seguintes. Logo, em seguida, escuridão limpava suas mãos e começava a arpegiar o violão. Ficara a tarefa da continuidade do manuseio a Silêncio, que, graciosamente, dançante, operava a fabricação de pães.

Outras pessoas se juntavam na operação, aprendendo, dançando. Graciosos, juntos deles, que nesta fase, se misturavam tanto às pessoas normais, que não eram tão berrantes quando isolados. Muitos se juntaram, quase todos, e aprendiam a fazer o fácil, barato, multiplicador, pão doce. A padaria da cidade também é minha. "Miseráveis!"

Retornando para minha casa, fui para o meu quarto e mais uma noite pensei, em claro. Escutava, ao longe, as bestas conversando na casinha dos fundos. Aquele som indistinguível de suas conversas me perturbava mais por eu não saber sobre o que tratavam.

No café da manhã, refiz a proposta com um sorriso no rosto. Fui negado pela segunda vez, e com um soco sobre a mesa, eu exclamei que compraria a companhia. "Eu compro tudo!", disse eu, "Tudo! Quero exclusividade sobre vocês e sobre o que decidirem! Tudo!". Escuridão gargalhou jogando migalhas sobre minha mesa de café impecável, seguido por Dormência, e por último pelo leso do Silêncio. Senti ódio no meu coração como nunca sentira antes. "Não nos interessa, não mesmo", afirmara Dormência. E também me afirmava, em tom de ameaça, que sairiam de minha casa, recusariam a minha hospitalidade se eu continuasse a insistir. Foi então que me desculpei, e no momento em que pensei em discursar sobre o acontecido, a campainha de minha casa avisa uma nova chegada. Outro morador que vinha buscar meus hóspedes. Seria uma oficina de pescado, onde eles ensinariam como pescar, armazenar a pesca, e ainda a preparar diversos alimentos com o que a natureza ao redor poderia oferecer.

A peixaria e o restaurante único da cidade são meus. Eu não me movi a segui-los. Senti um repúdio incandescente que subia meu esôfago, era bílis. Prometi que ao retornarem para o almoço, eu mostraria uma nova surpresa, e que desta vez os convenceria de minhas intenções puras. Me trancafiei no consultório, refinei a tosa, além de amputar uma de minhas orelhas. Eu provaria ser digno de participar de sua companhia, de uma vez. Afinal, que outro homem teria tamanha determinação. Muitos anestésicos se passaram e eles não haviam retornado para o almoço, então fui buscá-los.

Com muita dor, de boné, óculos escuros e um grande curativo sobre a orelha amputada, fui até a praia de pesca. Lá estavam eles, em um grande churrasco de peixe e frutos do mar, com diversos tonéis cheios do pescado. "Com certeza a minha peixaria se fecha depois dessa". Cheguei com um sorriso tímido, cumprimentando os que me fitavam. Provei um dos peixes, me sentei junto das pessoas comuns, e escutei hipnotizadamente a canção. A última estrofe, onde Dormência convidava os moradores a aprender, no próximo dia, como utilizar todas as ervas da região para todos os tipos de mazelas, me provocou um tique nervoso no olho direito. A farmácia da cidade é minha. "Eles querem me derrubar", pensei. "São criaturas vindas do inferno mais profundo e odioso, e haviam emergido dessas profundezas para me punir de meus pecados todos".

No retorno ao lar, à noite, tentei argumentar novamente com as três criaturas demoníacas sobre a minha sociedade, afinal esse assunto estava acima de qualquer outro, até mesmo de nossas oposições. Mostrei minha nova deformidade na expectativa de alguma aprovação, mas Dormência, após trocar olhares com os outros, me responde com uma negativa, "Sinto muito caro amigo, mas não possui as qualidades necessárias para se tornar um membro de nossa trupe. Não é o que tem de mais, porém, sim, o que não possui". E depois seguiram para o quarto da casinha dos fundos, sem nem mesmo me dar tempo para raciocinar claramente sobre a afirmativa-negativa.

Estava a passar mais uma noite em claro, quando finalmente percebi que estava errado em minhas intenções, me arrependi profundamente de tudo que cometi comigo mesmo, e, me esvaindo em lágrimas, corri para o meu consultório no meio da madrugada afim de recolocar minha orelha e o meu dedo amputados nos seus devidos lugares. Havia perdido meu dedo, mas enquanto costurava minha orelha, já morta, no lugar, procurava uma resposta para esse enigma que me perseguia. Se eu não seria como eles, sublime, e se, no lugar de nêmesis, eu perderia a batalha contra tamanhas forças, "O que fazer?". Meus olhos se arregalaram quando imaginei a solução para tudo. Fui até a prateleira de remédios, catei as substâncias exatas, peguei as seringas, as bolsas de soro, os suportes, e por último, minha arma de fogo, que guardava em uma gaveta da mesa de atendimentos. Carreguei tudo com certa dificuldade e ansiedade até a minha sala de estar, montei todo o cenário necessário, e com a arma em punho, fui até o quartinho dos fundos. Com uma pesada na porta e gritando, acordei aos sustos Dormência e Escuridão. Silêncio dormia como uma pedra, mas foi logo acordado por Escuridão. "Me acompanhem seus monstros!", gritava enfurecido, "Me acompanhem!". Silêncio carregava Dormência sobre as costas, e Escuridão os seguia, agarrado ao surdo-mudo pela prega das calças. Amarrei-os nas cadeiras, de frente para o sofá, onde me deitei.

Apliquei nas minhas veias todas as agulhas de seringas, presas nas bolsas de soros, com as devidas químicas, e, finalmente, narrei minhas últimas estrofes para que eles pudessem entender a minha vitória.

Eles estavam amarrados às cadeiras para contemplar a minha evolução. Eu seria todos eles ao mesmo tempo, porém, sem nenhuma deformidade aparente. Estaria perfeito, a não ser pelo meu dedo amputado não encontrado, e a falta de pelos. O coquetel de drogas, primeiro tirou minha audição, e não pude mais me ouvir; depois tirou minha visão, e não pude mais ver; por último, tirou meu tato e meus outros sentidos; logo, sou agora, apenas consciência, sem a menor noção de tempo e espaço. Imaginando a escrita destas páginas. Não sei mais se estou vivo até este presente momento, e me pergunto, agora, se isso é a imortalidade ou a morte. Apenas consciência e imaginação, é o que me resta. Imagino tudo, imagino suas expressões e imagino seus julgamentos. Logo agora, imagino qualquer coisa, eu crio qualquer coisa, um novo mundo, sou Deus. No meu mundo, lilás e não azul, coloco o homem, mas não homem bípede, nem tão pouco de cores diferentes. Crio agora o que mais eu quiser. Crio animais diferentes, de cores diferentes. Montanhas, flores, frutos de diversas formas e tamanhos, aqui tudo é meu. Vejo agora...

www.ingramcontent.com/pod-product-compliance
Lightning Source LLC
Chambersburg PA
CBHW030459130626
46549CB00007B/2784